# COLLECTION DE M. RAOUL PUGNO

*Vente du Jeudi 29 Mai 1913*

## HOTEL DROUOT — SALLE N° 10

N° 10 du Catalogue.

# ESTAMPES MODERNES

Mᵉ ANDRÉ DESVOUGES                    M. LOYS DELTEIL

N° 111 du Catalogue.

# CATALOGUE

### DES

# ESTAMPES.

## MODERNES

---

### ŒUVRES

DE

BRACQUEMOND, BUHOT, CARRIÈRE, DAUMIER, DELACROIX,
FANTIN-LATOUR, FORAIN, LAMI,
LAUTREC, L. LEGRAND, LEPÈRE, A. RAFFET,
ROPS, WILLETTE, ZORN, etc.

Composant la Collection de M. Raoul PUGNO.

---

*Dont la vente aura lieu*

à Paris, HOTEL DROUOT, Salle N° 10

*Le Jeudi 29 Mai 1913*

*à 2 heures précises*

---

Par le Ministère de Me ANDRÉ DESVOUGES

COMMISSAIRE-PRISEUR

*26, Rue de la Grange-Batelière*

Assisté de M. LOYS DELTEIL, Graveur et Expert

*2, Rue des Beaux-Arts*

# CONDITIONS DE LA VENTE

---

**Elle** sera faite au comptant.

Les adjudicataires paieront *dix pour cent* en sus des enchères.

M. Loys Delteil remplira les commissions que voudront bien lui confier les amateurs ne pouvant y assister.

MM. les Amateurs pourront visiter la Collection, 2, *rue des Beaux-Arts*, du Mercredi 21 au Mercredi 28 Mai 1913, de 2 heures à 5 heures (*Le Dimanche excepté*).

---

N° 55 du Catalogue.

# DÉSIGNATION

### BESNARD (P. A.)

1. Dans les Cendres. Très belle épreuve.

### BRACQUEMOND (F.)

2. Goncourt (Em. de) (H. B. 54). Superbe épreuve, *avant la lettre*, sur japon. *Signée*, dédicace de Goncourt à Burty.

3. Laurens (Jules) (72). Très belle épreuve, tirée sur papier verdâtre. Très rare.

4. Le Corbeau (115). Superbe épreuve d'un état *non décrit*, intermédiaire entre le 1ᵉʳ et le 2°, avec le ciel, mais *avant* les vers. On y a joint une épreuve avec la lettre. Collection Barrion,

5. La Nuée d'orage (219). Très belle épreuve sur japon, *signée*. Collection Barrion.

6. Le Paysage au Cheval blanc, d'apr. Corot (252). Très belle épreuve du 1ʳ état sur japon, *signée*. Collection Barrion.

7. Molière, Don Juan (752), lithographie. Très belle épreuve sur japon. Rare.

## BUHOT (Félix)

8. L'Hiver à Paris ou la Neige à Paris (128). Trois très belles épreuves d'états différents (deux *non décrits*). Collection A. Barrion.

9. Les Esprits des Villes mortes (160). Très belle épreuve, *timbrée*. Collection A. Barrion.

10. Le Hibou (161). Très belle épreuve du 3ᵉ état, tirée en 2 tons, *signée* et *timbrée*.

11. La Falaise, Baie de St-Malo (165). Superbe épreuve, *avec les fausses marges symphoniques, tirées en 2 tons*, timbrée. Collection Barrion.

## CARRIÈRE (Eugène)

12. Buste de jeune Fille (12). Très belle épreuve *d'essai*, sur chine volant. Rare.

13. Nelly Carrière (18). Très belle épreuve sur chine, *signée* (n° 67) (piqûres).

## CHAHINE (Edgar)

14. Au Château-Rouge. Très belle épreuve, *signée* (23/40).

15. Louise France, en buste. Très belle épreuve sur japon, *signée*.

## CHARLET et JAIME

16. *Scènes des Mémorables Journées des 27, 28, 29 Juillet 1830.* Paris, Gihaut — Couverture, texte et suite de 4 pl. Belles épreuves sur chine.

## DAUMIER (Honoré)

17. Enfoncé La Fayette !... (309). Superbe épreuve sur chine des collections Burty et Barrion.

18. Le Cranioscope-Phrénologistocope. Très belle épreuve. Rare.

19. Grand escalier du Palais de justice (1883). Fort rare épreuve du 1ᵉʳ état (a été pliée). Collection A. Barrion.

20. Essayant ses forces (2889). Très belle et fort rare épreuve du 1ᵉʳ état, *non décrit, avant la lettre.* Collection Barrion.

21. Au Théâtre : Un quatrième acte saisissant. Très belle épreuve *d'essai*. Collection Barrion.

22. Les Baigneurs, pl. 11 et 17 — Les Canotiers parisiens, pl. 19 — Le Public du Salon, pl. 2, 4 et 10 — Tout ce qu'on voudra, pl. 35. Sept pièces. Très belles épreuves.

23. Emotions Parisiennes, Caricaturana, Locataires et Propriétaires, etc., 10 pl. Belles épreuves.

24. Mœurs conjugales, Emotions parisiennes, Coquetterie, Journée du Célibataire, etc., 28 pl., *coloriées*, la plupart très belles.

25. LA CARICATURE : Portraits en pied, caricatures diverses, 26 pl. Belles épreuves (ont été pliées).

## DELACROIX (Eugène)

26. *Faust, Tragédie de M. de Gœthe... Ornée d'un Portrait de l'Auteur et de Dix-sept dessins, exécutés sur pierre par M. Eugène Delacroix.* — Paris Motte, 1828. — Bel exempl., cart., (manque le portrait).

27. Lion de l'Atlas — Tigre royal (79-80). Deux pièces se faisant pendants. Très belles épreuves, avec les adresses et le cachet d'Ardit. Collection Barrion.

28. Steenie (88). Très belle épreuve — Juive d'Alger, épr. la lettre non encrée, 2 pl.

## ESTAMPE ORIGINALE (L')

29. *L'Estampe originale*, publiée par André Marty, préface de Roger Marx, janvier 1893 à Mars 1895.

Collection complète de cette importante publication renfermant 93 estampes originales de Puvis de Chavannes, A. Besnard, Eug. Carrière, Bracquemond, Willette, Rops, Fantin-Latour, Renoir, Whistler, etc.

## FANTIN-LATOUR (H.)

30. A la Mémoire de R. Schumann (G. H. 5). Très belle épreuve, *dédicace*.

31. Finale du Rheigold (18). Très belle épreuve sur chine, avec *dédicace*.

32. Duo des Troyens, 2ᵉ pl. (22). Très belle épreuve sur chine, *signée*.

33. Baigneuse, de dos (27). Très belle et très rare épreuve du 1ᵉʳ état, avec *dédicace*. Collection Hédiard.

34. Rinaldo, 3ᵉ planche (33). Très belle et très rare épreuve *d'essai* (tirée à 7 épr.) sur chine, *signée*.

35. Manfred et Astarté, 2ᵉ pl. (34). Belle épreuve, *signée*. Collection Hédiard.

36. Evocation de Kundry, 2ᵉ pl. (43). Très belle épreuve sur chine.

37. Le Paradis et la Péri, 1ᵉʳ pl. (50). Très belle épreuve sur chine.

N° 17 du Catalogue.

N° 39 du Catalogue.

N° 64 du Catalogue

Nº 27 du Catalogue.

38. Poèmes d'Amour, **2ᵉ** pl. (58). Très belle épreuve
sur chine (petites taches en marge).

39. Parsifal et les Filles-fleurs (59). Très belle
épreuve sur chine.

40. Finale du *Vaisseau-Fantôme*, **2ᵉ** pl. (60). Très
belle épreuve sur chine.

41. Hélène (95). Superbe et fort rare épreuve du 1ᵉʳ
état, sur chine (tirée à 7 épr.), avec *dédicace*.

42. L'Amour désarmé, **2ᵉ** pl. (98). Très belle épreuve,
sur chine volant.

43. Sara la Baigneuse, **2ᵉ** pl. (99). Très belle épreuve,
sur chine volant.

44. Finale de la Gœtterdœmmerung (100). Très belle
épreuve sur chine volant. Rare.

45. Le Ballet des Troyens (114). Superbe épreuve
sur chine bleuté. *Signée*. Collection G. Hédiard.

46. La Lecture (136). Très belle épreuve du 1ᵉʳ état,
*avec dédicace*.

47. Siegfried et les Filles du Rhin, **4ᵉ** pl. (141). Très
belle épreuve sur chine. Collection Barrion.

48. A. J. Brahms (145). Superbe épreuve, avec *dédicace*. Très rare. Collection G. Hédiard.

49. Etude pour Ève (147). Très belle épreuve, *avant
la lettre*, sur chine volant, *signée*.

50. Maléfice (151). Très belle épreuve sur japon.

51. Baigneuse debout, **3ᵉ** pl. (152), épr. sur chine.

52. Rêverie (159). Très belle épreuve du 1ᵉʳ état (tiré
à 12 épr.), sur chine, *dédicace*.

53. Centenaire H. Berlioz, 11 Décembre 1803 (175).
Très belle épreuve sur japon. *Signée*.

54. Un morceau de Schumann, eau-forte (2). Très
belle et rare épreuve, *avant la lettre*. Collection
Barrion.

## FORAIN (J. L.)

900. 55. L'Audience, 3ᵉ planche (40). Superbe épreuve *tirée en bistre, signée* (n° 2). Encadrée.

260. 56. Un tableau de papa ! 3ᵉ pl. (62). Très belle épreuve sur chine (n° 14).

## GAVARNI

130. 57. Les Débardeurs, 54 pl. (sur 66). Très belles épreuves, *coloriées*.

72. 58. Les Maris vengés, les Enfants terribles. Impressions de Ménage, Fourberies des Femmes, etc., 48 pl., la plupart en très belles épreuves, *coloriées*.

## GAVARNI — BOUCHOT — PRUCHE — TRAVIES

59. SCÈNES DE MŒURS : le Bon Côté, Scènes bachiques, les petits Jeux de Société, Trop tôt, etc., 35 pl. Belles épreuves, *coloriées*.

## HADEN (F. Seymour)

60. The Towing Path (76) Très belle épreuve. *Signée*.

## LAMI, DEVÉRIA, H. DUPONT

61. Costume du Quadrille Historique (Bals de l'Opéra), Paris, Rittner et Goupil, s. d. Frontispice et 17 pl., *coloriées*, en 1 alb. in-fol., cart.

## LAMI (d'après Eugène)

75. 62. L'Eté à Paris, par Jules Janin, 15 pl. (sur 18), par Allen, Robinson, Wallis, etc., av¹ l. l., sur chine, en 1 alb. in-4° obl., cart.

## LAUTREC (H. de Toulouse-)

63. Antigone. Très belle épreuve, tirée en 2 tons, *timbrée* (n° 11).    500

64. La Danse au Moulin-Rouge. Très belle épreuve, *imp. en couleurs, signée* et *timbrée* (n° 11). Collection Ragault.

N° 9 du Catalogue.

65. Partie de campagne ou le Tonneau. Très belle    170
épreuve, *imp. en couleurs, timbrée* (n° 65).

66. Pois vert. Très belle épreuve, tirée en *ton verdâtre*,    100
*timbrée* (n° 13).

67. *Yvette Guilbert, texte de Gustave Geffroy, orné par H. de Toulouse-Lautrec*, exempl. n° 11, auquel on a joint une lettre autographe d'Yvette Guilbert, un portrait d'Y. Guilbert, par Lautrec (tiré du Café-Concert) et un fumé de Léandre.

## LEGRAND (Louis)

68. L'Annonciation. Très belle épreuve sur japon, *signée*.

69. La Divine Parole. Très belle épreuve, *signée* (n° 43).

70. Etude pour la Mère du Christ. Très belle épreuve, *signée*.

71. Private Bar. Très belle épreuve, *signée* (n° 16).

72. Le Souper de l'apache. Très belle épreuve, *signée*.

73. LA PETITE CLASSE. Couverture, frontispice et suite de 14 planches, y compris 2 pl. supplémentaires. Superbes épreuves sur japon, *signées, numérotées* et *timbrées*.

74. LES PETITES DU BALLET, 14 EAUX-FORTES. Exemplaire n° 32, sur japon, *timbré*.

## LEHEUTRE (Gustave)

75. La Chaumière en contre-bas, à Troyes. Superbe épreuve, *signée*.

## LEPÈRE (Auguste)

76. Le Rémouleur (5). Très belle épreuve, *avant* la signature gravée, *signée* (n° 6).

77. L'Appel des balayeurs, la nuit (10). Très belle épreuve du 1ᵉʳ état, sur japon, *signée* (3/3).

78. La même estampe. Très belle épreuve.

79. Combat contre la neige, quai aux Fleurs (17). Superbe épreuve, *signée* et *timbrée* (n° 6).

80. Coucher de soleil, au Pont Marie (18). Superbe épreuve, *signée* et *timbrée* (n° 9).

81. Un 14 Juillet, le Mât de cocagne (22). Très belle épreuve.

N° 41 du Catalogue.

82. Le Lavoir (23). Très belle épreuve.

83. Marché à la Volaille, S<sup>t</sup>-Jean-de-Mont (47). Très belle épreuve du 1<sup>er</sup> état, sur japon, *signée* (8/10).

84. Pêcheurs fuyant l'Orage (49) — Coupeurs de bouts de cigares (56). Deux pièces. Très belles épreuves sur japon, *signées*.

85. Le Lundi, porte des Prés S<sup>t</sup>-Gervais (78). Très belle épreuve, *signée*.

85 *bis*. Sous le pont de Bercy (90). Très belle épreuve sur japon, *signée*.

86. Cité des Chiffonniers (102). Très belle épreuve sur japon, *signée*.

87. Amsterdam, vue de Victoria Hôtel (116). Très belle épreuve (5/35).

88. Zwanen Burgwall, Amsterdam (118). Très belle épreuve du 2<sup>e</sup> état.

89. Le Pont-Neuf (124). Superbe épreuve, *timbrée*.

90. Notre-Dame, vue du quai de Montebello (125). Très belle épreuve sur japon, *signée*.

91. Enterrement dans le marais Vendéen. Très belle épreuve sur parchemin, *signée*.

92. Dimanche au cabaret. Très belle épreuve sur japon, *signée* (7/35).

93. Le Poulailler. Très belle épreuve du 1<sup>er</sup> état (9/9).

## LUNOIS (Alexandre)

94. L'Enterrement. Superbe épreuve d'*essai*, *signée*.

## MEYRION (Ch.)

95. La Tour de l'Horloge (28). Superbe épreuve (sans marge).

Nº 71 du Catalogue.

N° 89 du Catalogue.

### RAFFET (Aug.)

96. Le Réveil (85). Bonne épreuve sur chine (remontée).

97. Retraite du Bataillon sacré, à Waterloo (88). Très belle épreuve (marge du bas épidermée). 25'.

98. La Revue nocturne (429). Belle épreuve du 1ᵉʳ tirage. 60.

99. *Prise de Constantine. Douze sujets*, Paris, Gihaut, s. d. Couverture et suite complète de 12 pl. Belles épreuves sur chine. 70.--

100. *Dessins faits d'après Nature au Siège de la Citadelle d'Anvers*, Paris, frontispice, titre (avec cache) et suite complète de 24 pl., coloriées en 1 alb. in-fol. obl. cart. (1 pl. par Colin, ajoutée). Collection G. Bapst. 315

100 *bis*. La même série, frontispice (coupé) et suite de 24 pl. du 1ᵉʳ tirage (sauf une), en 1 alb. in-fol. obl. cart. 80

101. Album factice de vingt planches (scènes militaires pour la plus grande partie), *coloriées*. 1 alb. in-4°, obl. cart. 60

### RENOUARD (Paul)

102. *A l'Opéra, 30 Eaux-fortes par P. Renouard, préface de Ludovic Halévy*. Exemplaire n° 49, cart. de publ. 50

### ROPS (F.)

103. La Vieille à l'aiguille. Très belle épreuve, *signée*. 50.

104. Puberté (261). Très belle épreuve d'état, sur japon, avec poésie transcrite par Rops. 67.

105. La Feuille de vigne. Très belle épreuve sur japon, avec les salissures, *signée* des initiales. Collection de Tinan. 80 -

105 *bis*. Le Buveur — Frontispice pour Morgat — La Colère — Juif et Chrétien, reproduction avec croquis gravés en marge, par Rops. Quatre pièces.

### STEINLEN (T. A.)

106. Dans la neige et le vent. Très belle épreuve, *signée*.

107. Fille et souteneur. Très belle épreuve, *imp. en couleurs*, sur japon, *signée*.

### WILLETTE (Adolphe)

108. Pierrot pendu. Très belle épreuve sur japon, *signée* et *numérotée*.

### ZORN (Anders)

109. Rosita Mauri (34). Très belle épreuve, *avant la lettre*, sur chine.

110. Mᵐᵉ Simon, 2ᵉ planche (66). Belle épreuve.

111. Les deux Modèles près du lit (174). Très belle épreuve, *signée*.

### ZULOAGA (J.)

112. Manolas. Très belle épreuve, sur japon.

FRAZIER-SOYE, Grav.-Imp. — Paris.

www.ingramcontent.com/pod-product-compliance
Lightning Source LLC
LaVergne TN
LVHW012132170726
843501LV00008BC/3141